上野、不忍通り

長谷川 忍 詩集

土曜美術社出版販売

詩集　上野、不忍通り＊目次

詩集

上野、不忍通り

映写機

空が少しずつ
濃さを増していく。

時間の狭間で
小刻みに震える一瞬がある
ふと隠れながら
自らを脱ぐ。

見えないものがあっていい

聴こえない聲にじっと耳を澄ます
空が高いと誰が決めたのか
この世が、この世であることも。

たくさんの残像が
季節の終わり
そのものになる。

濃くなってから
暗さに気づくのだ。

映写機の向こうで
街も人もかたかた動いている
私も残像に重なろう。

観客は
どこにもいない。

*

侘助

湯島天神の賑やかな境内を抜け
急な石段を下りる。

細い路地に入る手前で
花を目にした
淡い桃色
閉じ気味の花びらが
曇り空と交わる。

立ち止まる人はいない
誰もが石段の上にある賑やかさに
顔を向けている
私を追い越していく。

花の名を知ったのは
最近のことだ。

以前にも見かけていた
立ち止まったことがあった
名を知り
含羞を覚えた。

出逢ったことの

寂しさか
柔らかさの内に孕んでいた危うさを
唐突に手放してしまったような。

境内には戻らず
上野広小路のほうへ足を延ばした。

今年は春が早い
一緒に過ごした日々を遡ってみた
言葉にすらならない午後もある
雲間から陽が滲んだ。

啓蟄

庭には白梅や木瓜が咲いていた
旧い家だ
詩人は
少し前に他界されていた。

季節が移りかけている
昨夜の雨がまだ残っていた
湿った庭の土を踏むと
何かの腐ったような匂いが漂った。

この町には生温かさがあった
家を出ると路地が続く
表通りまで歩いたところで
今日が啓蟄だったことを知った
人も、蠢く生き物のひとつなのだろう
身体に瘡蓋があったら
きつく引っ掻いてみるといい
自らの臭みに惑うか。

表通りを渡ると風景は一変する
高層ビルディングが
天空に向かって喘いでいる
その先に、半月

人の口許に似ている
彼岸の光景がよみがえった
町も、社会も、進化していくのではない
かつての光景に呑み込まれていくのだ
早春の蠢きの狭間で
満ちていこうとする月と
束の間激しく被さり合うのだ。

車窓から昏れていく町を眺めた
電車は市ヶ谷に向かい速度を上げていく
彼女の家で見せてもらった生原稿の一篇を
思い出していた
言葉から湧き立つ花々の奇妙な瘡蓋
通り過ぎていく外濠の向こうに

そっと置いていこう。

桜の後

花の狭間で
若葉が濡れている。

明け方に降った雨は止んでいた
空は記憶の雲に覆われている。

鷺が池のほとりに佇んでいた
ゆっくり羽を広げた。

散った花が
水面に滑らかな渦を巻く。

池を眺めている老夫婦の前を
通り過ぎた。

お二人には私が見えていないようだった
そのまま不忍通りまで歩いた。

時間の感触が
曖昧なままだ。

また雨が降り始めている。

五月

新緑の葉が
生々しさを増す
何かを取り囲むように
存在をあらわにする。

隠れなければならない
すべての鮮やかなものから
その先へなびこうとしている
無風の叫びの行方から。

五月の瑞々しさなどと言うな
ひとつの意思に還元されていく
留まる者などどこにもいないのだ。

緑の意思と
対峙しながら歩いていく
繰り返す季節を失うために。

御殿坂まで

色褪せてしまった祠に
手を合わせている少女がいる
振り向くと
恥ずかしそうに会釈をしながら
その場を離れていった。

通りの奥にある神社では
柏手を打っている年配の男性
午後の神社は

境内の木立に覆われ
ひっそりと暗い。

歩き馴れた通りも
休日は
まあるく
潤んで見える。

この町には祠が多い
どこかで
誰かが
いつも手を合わせている
ごく自然に頭を垂れている。

日が長くなってきた
紡ぎあぐねていた詩の言葉を
懐にしまい
このまま
御殿坂まで歩いてみよう。

石段を上がると
賑やかな谷中銀座商店街が
少しだけ宙に浮かんで見える。

恋歌

いつのまにか
齢を重ねてしまった
聞き役にまわることが
多くなった

人に
期待しなくなった

自分の機嫌は
自分で取る。

いつのまにか
潮が引いてしまった
さまざまなことに
淡泊になった

夕で顔を洗うように
涼やかになった
自分の追憶は
自分で拭う。

あるひとから
言われたことがある。

あなた

こわくないから
安心する
大事なことですよ。

それは
褒めているのですか。

心にとどめておいてね。

恋はもうしないが
恋歌なら
口ずさめるかもしれない。

晩春の
微妙な空色の下
ひとり街中を歩いている。
時々、いなくなる。

停滞

鉄工所の脇から川は分岐する
堤防に遮られ流れは見えない。

人気のない道を歩く。

支流は東武電車の線路を潜り
まもなく別の川へ合流する。

線路の手前に

小さな橋があった
欄干から初めて水が見えた。

二つの川に挟まれ
運河のようだ。

電車が轟音を上げ過ぎていく
再び静けさが戻った。

水は滞っていた
人と人の営みを想ってみた。

雨の匂いがする
合流地点に向かい

土手をゆっくり歩き続けた。
救急車のサイレン音が
近づいてくる。

螺旋

——葛飾、水元公園

沼のほとりに
菖蒲園があった。

群青や
赤紫
淡い桃色
寂しい白も

花は女の瑞々しい眼差しを
彷彿とさせた
見つめられている
私も見つめ返す。

公園として整えられる前は
自然の沼だった
葦の繁った岸辺に
鏡のような水が湛えられている
かつて
作家はそう表現していた。
小説の主人公の死に場所を探して
彼女は

この沼に辿り着いた
女を水に浸した。

澄んだ冷たさに
晒される
作家の思惑は、水の面と
しばし重なっていく
初夏は巡るのではない

女の絶望に包まり
螺旋を描くのだ。

果てたうなじと
菖蒲が

梅雨間の残照の下
ぬるい湿り気を増していく
その先に、何を捉えよう。

水無月。
花から眼を逸らした
色とりどりの眼差しが
感慨を抉った。

上目遣い

日が伸びていく
もう午後の七時というのに
空は淡い橙を保ったまま
たゆたっている。

動物園通りへ下りていく途中で
早咲きの紫陽花を見つけた
薄紅の花びらに
立ち止まってしまう。

夏を迎える少し前の
夜の空気が好き
かつて詩友が話してくれた
彼女の表情をふとなぞってみる。

いつのまにか橙は紅に沈み
宵闇が空を覆いつくしていく
暑くも、涼しくもない
紫陽花が脳裡にしばらく残った。

*

もうひとつの時間

池のほとりに咲く梔子の
抑えた柔らかみをかみしめてみる
白い花であることの事実を
事実のまま受け止める。
もうすぐ夏至。
無為に流れていく日があってもよい。

暮れ方、花の白さに再び気づき
不安になったとしても。

あやめ橋

川にはかつて
洲があり
細い水路が縦横に流れていた。

橋を渡り終えると
貧しい町だ。

宵を迎えるたび
水は澱み

路地から消えてしまった人もいた。

町の先に川の本流が広がっていた
完成したばかりの清洲橋を渡った向こうは
深川界隈、そして
当時の新開地。

この場に
架空の町を作ろうとした男がいた
大正の終わりだ
卓上の淡い空想にすぎなかったが
あの世でも、この世でもない路地を
彼は文字で彷徨った。

洲は埋め立てられ
頭上を首都高速道路が走る
梅雨空が続いている
水路はとうにない。

男橋、女橋、
あやめ橋

橋には、なぜ名がつくのだろう
人間たちの思惑か
男も橋を渡ったのか
消えてしまったか。

蕾

蓮の若葉に沿い
朝夕歩いていった。

昨夜風雨があり
育ったばかりの茎が折れていた
その光景が
視界の端のほうに残った。

週末の不忍池は観光客たちで賑わう

蓮は陽光に映えみずみずしい姿を見せた
投げ捨てられた空き缶のすぐ脇で
葉は風に煽られ
水際で一匹の鯉が口を開けた。

ある日ひとつの茎から
蕾が膨らんでいた
蕾の先を眺めてみた。

認知症の方を
見舞ったばかりだった。

蕾は丸みを帯び
空を恥じらっている

彼女の病室での顔を思い出していた
今まで見せたことのない表情だった。

六月を過ぎると
蓮は勢いを増しながら茎を伸ばしていく
早朝の道で立ち止まってみた。
暑い一日になりそうだ。

山谷堀幻想

舗装された道に
古い堤防の跡が剝き出しになっている。

堀は埋め立てられた
遊歩道が続く
春には桜の名所になるという。

盛り上がったかつての堤防
石造りの親柱が残る

聖天橋、と読める
堤防を遡っていくたび親柱が続く

吉野橋
山谷堀橋
紙洗橋
地方新橋
地方橋

橋はすでにない
親柱に彫られた名前だけが
遊歩道の光景と、一時被さる。

＊

土手裏に古本屋があってね
店主は頭をきれいに剃り
昔から老人みたいな風貌だった
あの時代の雑誌を手にすると
命が延びるようだな
ここいらで遅くまでやっているのは
古本屋と
煙管を売る荒物屋くらいか。

堀は汚れた路地裏を流れる
土手裏の闇が濃くなっていく。

今来た道を引き返しつつ

浮き世の妙を嗤った
滑稽さも長続きしなくなった
日米開戦を見たまえ
権力の咆哮
人間がつまらなくなったのだよ。

＊

東京スカイツリーは
界隈のどこからでも見える
もうすぐ秋分というのに
暑さは時間軸を抉る
闇の底で激しい渦を巻く。

遊歩道が尽きると
代わり映えのしない町並みだ。

作家もかつてこの堤防を遡った
橋を渡ったことだろう
当時の彼の齢を
私はもう追い越してしまったのだ。

無心

――上野公園にて

上空に
飛行船が浮かんでいる。
夏日の眩しさに目を閉じ
再び空を見上げた。
眩しさの中
船は輪郭を少しぼかす。

ウイスキーの小瓶を取り出し
一口飲んだ。

感情がまだ保護色を纏い
時間の狭間で微笑している。

どこかで
正午を告げる音
噴水広場をそのまま
歩いていった。

ウイスキーのせいだろう
人の流れも

舞い上がる水も
昨夜捨てた苛立ちも

まるで映画の背景だ
もしくは、異次元の穴。

飛行船は
もう見えない。

幼い男の子が
突然目の前を駆け抜けていく
慌てて彼を避ける。

一瞬

スクリーンは現実と重なり
保護色もひっくり返った。
鳩が一斉に飛び立つ。
ウイスキーを
また一口飲んだ。

木槿

都電の車両を追うように
緩い坂を上がった。

交差点を過ぎたところで
車両は再び専用軌道に入る。

ノースリーブ姿の女性と
目が合った
彼女は坂を下っていった。

この間まで立葵の咲いていた路地に
木槿が咲き始めていた
吸い込まれそうな青さだ。

花の色を
どこかで見たことがある
また都電とすれ違う。

少し先のほうに
かつてよく訪ねた家があった。
空が青いまま沈んでいく。

蜉蝣の

ほどけていく豊かさにも
纏わる毒にも

重さというものがない。

何ものかを凝視するための
損なわれた歳月をむさぼる。

どこまでも平衡しながら

私は私であったことがあるか。
とめどなく続いていくものなど
初めからあったか。

言葉は響きに埋もれたまま
とぐろを巻くだけか。

深呼吸をふたつ繰り返す
毒の不確かな意味の末路を覗く。

蜉蝣のわずかな
存在のように

今は現実と狡猾の狭間を浮遊する。
細い帯の日とともに
人々の渦中へ呑み込まれる。

理由

人と会うのが
億劫になる。

ささいなことが
ささいなことだと
諦める。

仕事帰り
途中下車をし

裏道に紛れて歩いてみた。
賑やかな場所から離れる
言葉からも距離を置く
理由を問われると
困ってしまった。

世間と社会との境は
いつも物憂い。

銀杏の葉が
色づいている。

植物園

ある短編小説で
つわぶき
という花を知った。

男は妻から
花の名前を習っていた
黄色い地味な花だと
彼女は夫に話したろうか。

小説の筋をもう忘れてしまったが
つわぶきという名だけ
記憶の断片に痒く残った。

晩秋の頃
勧められ大学の植物園を訪ねた
木々の鮮やかな紅葉の中を
ゆっくり歩いた。

沼のほとりに
黄色い
細かな花を見つけた
懐かしい名が記されていた。

派手さのない
柔らかな佇まい
それでいて
見る側の皮膚を
痒いまま剝がしていく。

夫と妻の温感が
よみがえってきた。

植物園の高台から
文京区の街が見える
たくさんの断片の集積に
私は呑み込まれていく。

心洗

しだいに
紅葉が深まってくる。
動物園前の片隅に
山茶花が
咲いていた。
不忍池辯天堂に一礼し
手水舎で手を清める。

石造りの舎に
「心洗」という文字が
彫られている。

心で洗う
心を洗う

少し、迷った。

指を濡らしたまま
手水舎の先にある
枯れた蓮の葉を
眺めた。

もう一度
濡れた指の感触を
たしかめる。

心を洗う
心で洗う

蓮が
風になびいている
迷いの虚をふと突くように
季節は、淡く、細かく
目の前で砕け散って

山茶花の
落ちついた緋色の花を
久しぶりに想う
今年も立冬が過ぎていく。

ゆっくり手を拭い
辯天堂に参拝をした。

焔

坂は与楽寺に沿って
なだらかに下っていく
途中細い路地が分かれている
雑木林の残る道だ。

詩人は六畳一間の古い部屋に閑居し
雑木林を眺めていたか。

銭湯の一番風呂に入ったり

路地裏の鰻屋で日本酒を飲んだり
時々大学で講義をしたり

ビート詩を書いていた
晩年は
田端界隈を舞台に抒情詩を書きつつ
情人とふたりで行方をくらます
言葉そのものになる。

ある日
詩人は情人から古い文机を貰った
気に入ったのだという。

追憶の匂いが染み込んだこの机で

彼の悔いはどこを彷徨ったろう
ふらりと見せる胆力
還暦を過ぎても
焰となって下半身に蹲っていた
言葉に情人を重ねてみた。

与楽寺の石塀は
当時のままだ
今日は坂を上がっていく
幽霊坂という。

崖上から田端の操車場が見下ろせた
寒風が私の無常をくすぐった。

林檎

椿が咲いている
花の先は薄墨色の町だ
見馴れた町並み
気づかない日々が
いく粒も埋もれてしまう。

あなたは目を閉じた

あなたの追憶は

少しずつ縮んでいく
そのぶん
穏やかさは
溝を増していくかもしれない。

生きるということに色はあるだろうか
色を無くすことができるだろうか。

手にしていた林檎を少し齧り
あなたは目を開いた
見えないものを
見つめようとしているようだった。

あなたはだんだん薄墨色になっていく

林檎の赤さだけを残し
二人して踵を返した。

*

喩

気がつくと
ひたむきさを忘れている。

惰性ではなく
怠慢でもない
丹念さを保っている。

気がつくと
十二月は匂いを惑わせている。

見えない逸話を重ね
たおやかな後悔を含ませ
寡黙は水に映る。

ひたむきさが
陰となり
無意識を湿らす
それまでの日々を曇らせる
私の内に滓を残して。

月曜の朝
水に添い歩いてみた。

気がつくと
季節に逡巡している
喩を、絡ませた。

著者略歴
長谷川　忍（はせがわ・しのぶ）

1960年　神奈川県川崎市生まれ

1995年　詩集『ウイスキー綺譚』（土曜美術社出版販売）
2003年　詩集『遊牧亭』（土曜美術社出版販売）
2015年　詩集『女坂まで』（土曜美術社出版販売）
2024年　［新］詩論・エッセイ文庫28『遊牧亭散策記』
（土曜美術社出版販売）

現住所　〒110-0008　東京都台東区池之端2-6-11-505

詩集　上野《うえの》、不忍通《しのばずどお》り

発　行　二〇二四年九月三十日

著　者　長谷川　忍
装　幀　直井和夫
発行者　高木祐子
発行所　土曜美術社出版販売
〒162-0813　東京都新宿区東五軒町三―一〇
電　話　〇三―五二二九―〇七三〇
FAX　〇三―五二二九―〇七三二
振　替　〇〇一六〇―九―七五六九〇九
DTP　直井デザイン室
印刷・製本　モリモト印刷

ISBN978-4-8120-2852-0　C0092